초승달발톱꼬리왈라비

정현우 시집

초승달발톱꼬리왈라비

달아실시선
59

달아실

일러두기

1. 본문에서 하단의 〉는 '단락 공백 기호'로 다음 쪽에서 한 연이 새로 시작한다는 표시임.
2. 보조 용언과 합성 명사의 띄어쓰기 등 본문의 맞춤법은 시인의 의도에 따른 것임.

시인의 말

오랜 세월 시를 쓰지 못했다
간혹 쓴 시들은
산문집에 끼워 팔았다
돈 안 되는 건 모두 쓰레기인
자본주의 사회에서
돈 안 되는 시에 몰두할
처지가 아니었다
그러나 시는 비문증처럼
무시로 어른거렸다
불치병이다
병이 깊어지면
어른거리는 것들의 실체를
볼 수 있을 거라 믿는다

2022년 9월
정현우

차례

초승달발톱꼬리왈라비

2부

3부

4부

5부

1부

하늘에서 떨어진 물고기

늙을수록 기억은 먼 곳이 또렷하다

나는 국민학교 4학년 때 반장이었다
K는 자기가 반장이었다는 거다
기억은 종종 꿈과 섞이기도 한다
누구의 기억이 맞는 건지
당시 급우들에게 물어보면 금방 밝혀지겠지만

내 기억의 첫 장
나는 네 살이었고 북춘천 산천리엔 장맛비가 내린다
갑자기 하늘에서 물고기들이 우박처럼 떨어졌다
날개도 없는 물고기들이 어떻게 하늘로 올라갔을까
나는 물고기들이 무지개를 타고 올라간 거라 했고
어른들은 용오름을 타고 올라간 거라 했다
물고기들 중엔 무지개색 부러지*도 있었지만
어른들은 용이 되려다 못된 미꾸라지가
더 강력한 증거라며 내 주장을 묵살했다

무지개든 용오름이든

상상력보다 생활력이 중요한 시대였다
형이랑 물고기들을 삶아
아카시아 잎과 함께 다져 닭 모이로 주었다
얼마나 구체적인 진술인가
부디 믿어주시길

* 부러지 : 혼인색을 띈 수컷 피라미.

수복지구 아이들
— 폭발물

1960년대 수복지구에선 많은 민간인이 한국 전쟁이 남긴 폭발물로 죽었어.

폭발물이 얼마나 위험한가를 알리기 위해 군 당국은 학교 운동장에 전교생을 모아놓고 폭발 시연을 했고 폭발물을 군부대나 경찰지서에 신고하면 상을 줬어.

군인이나 순경이 자기들보다 폭발물에 대해선 바보라는 걸 아는 아이들은 위험한 장난을 쳤지. 박격포 불발탄을 들고 가 군부대 위병소 앞에다 던지는 놀이였어.

"아저씨, 폭탄!"

소리를 지르며 포탄을 내던지면 초병들은 혼비백산해 땅바닥에 납작 엎드렸지. 아이들은 깔깔거리며 줄행랑을 놓았어. 아이들은 켈로부대*가 된 것처럼 으쓱거리며 학교에 가 자랑을 했지. 물론 인민군 포로처럼 교무실에 끌려가 두들겨 맞았지.

〉

어린 게릴라들은 박격포탄이 어느 정도의 충격에 터지는지 잘 알고 있었어.

* 켈로부대 : 1949년 주한 미군이 철수하면서 첩보 수집을 위해 창설한, 군번도 계급도 없는 비정규군(게릴라) 부대.

수복지구 아이들
— 포 사격장에서

포 사격이 있는 날, 아이들은 학교 대신 군용 배낭을 메고 독골 사격장으로 갔지. 포탄이 떨어져 터지는 산 밑에서 포성이 멈출 때까지 공비처럼 엎디어 있었어.

사격이 끝나면 누구도 명령하지 않았지만 모두 돌격 앞으로였어. 파편을 하나라도 더 줍기 위해서였지. 전투 경험이 많은 고학년들은 포탄흔*에 들어가 구덩이 옆구리에 박힌 포자지부터 캤어. 신쭈* 덩어리가 꼭 자지처럼 생겼다고 붙여진 이름이었어. 신쭈는 고철보다 값이 열배나 비쌌거든. 나중에 155미리 곡사포대 졸병이 되어서야 포자지가 포탄 신관이라는 걸 알았지만.

고학년 중엔 구덩이를 파고 불발탄에 불을 놓아 터뜨리는 아이도 있었어. 모두 숨을 죽이고 구덩이 멀리 엎드려 포탄이 터지기를 기다렸어. 포탄이 굉음을 내며 터지면 모두 달려가 파편을 주웠어. 포탄을 터뜨린 우리들의 전쟁 영웅은 우리가 주운 파편을 일일이 검사했어. 따끈따끈한 건 모두 자기 거라며 반을 빼앗았어. 물론 포자지는 영웅의 것이었지.

〉

홀쭉한 배낭을 메고 돌아오며 나도 얼른 고학년이 되어 포탄을 터뜨려야겠다고 생각했어.

* 포탄흔 : 포탄이 떨어져 생긴 구덩이.

* 신쭈 : 놋쇠의 일본말.

수복지구 아이들
— 지뢰 탐지기

초딩들은 고철을 찾기 위해 녹물이 배 나온 땅 일대를 쇠꼬챙이로 촘촘히 쑤셨어. 꼬챙이 끝에 녹이 묻어 나오면 땅 밑에 고철이 묻혀 있다는 징표지. 중딩들은 읍내 전파사에서 부품을 사다 학교에서 배운 과학 기술로 지뢰 탐지기를 만들었어. 지뢰 탐지기라는 게 결국 고철 탐지기였던 거야. 암튼 지뢰 탐지기 앞에서 꼬챙이질을 하는 건 역도산 앞에서 당수를 하는 꼴이어서 초딩들은 지뢰 탐지기를 든 중딩들을 따라다녔어. 고철 캐는 걸 거들고 품삯으로 고철을 받는 거지.

어느 해 봄날 동네 중딩 형이 지뢰 탐지기를 들고 나갔다가 죽었어. 땅 밑에 있는 게 불발 포탄이라는 걸 모르고 야전삽으로 힘껏 땅을 내리찍었던 거야. 정확하게 신관을 내리찍었던 거지. 어느 나라 군대의 포탄인지 따지는 사람은 아무도 없었어. 인민군인지 국방군인지 미군인지 중공군인지 유엔군인지.

대낮인데 박쥐들이 날아다녔고 공회당 확성기에선 새마을 노래가 울려 퍼졌어.

〉

초딩들은 중학생이 되었지만 아무도 지뢰 탐지기를 만들지 않았어.

수복지구 아이들
—꽝

청년들은 불발 수류탄을 분해해 꽝이라는 걸 분리했어. 물고기를 잡기 위해서였지. 꽝은 수류탄의 도화선으로 소형 폭탄이야.

꽝이 터지면 기절한 물고기들이 허연 배를 드러내며 물 위로 떠올랐어. 배가 터진 물고기들도 있었지. 기절한 물고기들을 뜰채로 건지는, 순식간에 간단하게 많은 물고기를 잡을 수 있는, 위험하지만 매우 효율적인 어획법이었어.

초등학교 4학년 여름방학 때였어. 개울에 멱 감으러 갔다가 동네 아저씨가 꽝으로 고기 잡는 걸 봤어. 그가 물속 고기들의 위치를 살피더니 담뱃불로 꽝에 불을 붙였어. 무슨 생각을 했는지 바로 던지지 않았어. 그의 손에서 꽝이 터졌어. 그의 오른손이 섬광과 함께 사라졌어. 왜 바로 던지지 않았는지 궁금했지만 물어보지 못했어.

그런데 왜 꽝이라고 했을까 지금 와 생각해보니 단순히 의성어로 꽝이라는 이름을 붙인 것 같진 않아. 꽝 터뜨리다 꽝이 된 사람들이 그때 그 시절에만 있었겠냐고.

수복지구 아이들
— 꿈길

북한의 대남 방송이 들리고
북한 삐라가 떨어지는 수복지구
아이들은 누구나
휴전선을 넘어가 보고 싶어 했어
틈만 나면 고철을 주우러
보병연대의 철조망을 넘곤 했지
굴렁쇠를 굴리며 휴전선을 넘어
개마고원에 다녀오는 꿈을 꾸기도 했어

굴렁쇠를 버린 지도 반세기가 지났어
이젠 개마고원으로 가는 꿈길도 잃어버렸어

마지막 생물 수업

나는 불량 고교생이었고
삼학년 봄에 퇴학을 당했어
친구들은 타지로 전학을 갔지만
나는 학교 후문으로 삥 뜯으러 갔어

같은 반이었던 친구가
담임이 보냈다며 쪽지를 건네줬어

일요일 날 당직이니 점심때 꼭 교무실로 오라고 할 말이 있다고
담임은 선생들 중 나이가 가장 많았고 생물을 가르쳤어

담임이 앞으로 어떻게 할 거냐고 물었어
모르겠다고
담임이 시켜준 짜장면을 먹으며 울었어

담임이 마지막으로 내게 가르치려는 게
무언지 그때 알았어
〉

‘모든 생물은 때가 되면 떠난다’

그 후 바로 나는 학교 후문을 떠났어

아날로그적 구제역

화실의 석유 냄새가 지층 깊은 곳에 묻혀 있던 기억 하나를 끄집어냈다
석유 냄새 나는 쇠고기를 먹어본 적이 있다

관청 사람들이 병에 걸려 죽은 소를 석유를 뿌려 묻고 돌아간 그날 밤
온 동네를 은밀히 떠돌던 석유 냄새 그 가난의 공소 시효는 끝이 났지만
누구도 그날 밤의 일을 말하지 않았다

풍경은 지워지고 냄새만 남아 있는 1960년대의 수복지구

2부

국외자局外者의 비극

구경꾼처럼 살고 싶었지만

인생의 무대에 객석은 없었다

새

새는 날기 위해 뼛속을 비운다

얼마나 더 골다공증을 앓아야 새가 되는 걸까

가장家長

큰 나무는 그늘에서 쉬지 못한다

한 소식

열흘 굶고 깨달았습니다

왜 제사상에 밥을 모셔놓고 절을 하는지

목디스크

하늘을 외면하니

목에 병이 생겼다

꿈

나는 도대체 누가 꾸는 꿈이란 말인가

사소한 소식

티비를 끄니 내가 켜졌다

단식

사흘 굶어본 사람들은 안다

마음은 머리가 아니라 배에 있다는 걸

추운 곳

세상에서 가장 추운 곳은 시베리아가 아니다

그곳이 어디든 노숙자의 잠자리다

진이정*을 읽는 밤

요절한 시인의 시를 읽는 밤이 길다

너무 오래 살았다

* 진이정 : 시인, 1959~1993.

진눈깨비

눈은 진눈깨비의 날개다
나는 아직 날개를 달지 못했다
눈꺼풀이 무겁다

3부

적요의 카르텔

맞벌이와 독거인이 사는
농공아파트 낡은 유리창 밖으로
새들이 적요를 물고 난다

아래층에 사는 알콜중독자가
검은 비닐봉지를 들고
민달팽이처럼 계단을 오른다
알콜중독자도 적요할 수 있다니
농공아파트는 적요의 카르텔

음악을 틀어야 한다
호주 원주민 맹인 가수 구루물은
자발적 빈민, 적요 카르텔의 두목
농공아파트는 구루물을 좋아한다
구루물의 노래를 들으면
가난이 구름처럼 가벼워진다

민달팽이

얼마나 오래 노숙을 했기에
달팽이는 몸이 집이 된 걸까
아직 몸이 집이 되지 못한 노숙자
빈 종이상자를 등에 지고
겨울 저녁의 지하도 계단을
꾸물꾸물 내려간다

실업의 눈

눈 오는 날은 일이 없다
개미인력 대기실 창밖으로 눈이 날린다
눈이 백시멘트 가루 같다

운이 좋았으면 신축 아파트 공사장에서
힐끗힐끗 눈 구경도 하며
첫사랑도 떠올리며
욕실 타일의 줄눈을 메꿀 수도 있었다
첫눈이 백시멘트 가루처럼 보이지는 않았겠다

행려병

'양심의 명령 상식의 이정표 따라 걷기' 수사권 기소권이 보장된 세월호 특별법 제정 촉구 행진단에 끼어 양구 펀치볼에서 인제 가아리까지 사흘을 걸었다. 행려병으로 죽은 먼 친척이 생각났다. 그는 걷다가 길 위에서 죽었다. 사람들은 그를 미쳤다고 했다. 그는 미친 게 아니었다. 길이 목적지고 목적지가 길이라는 걸 깨달은 사람이었다.

누가 일당을 준다면 평생 걸어도 좋겠다. 겨우 사흘 걷고 행려병의 진실을 알아내다니, 한 3년 걸으면 나와 우주를 이해할 수 있겠다.

행복식당

양구 읍내 버스 터미널엔 민주적인 식당이 있다. 행복식당이다. 행복식당의 식단은 40가지가 넘는다. 가끔 한두 가지 빠질 때도 있지만 모두 먹을 수 있다. 내 또래 여주인 혼자 음식을 만든다. 종업원은 배달하는 남자 하나뿐이다. 맛은 물론이고 음식도 빨리 나온다. 물론 손님도 많다.

언젠간 아홉 명의 줌마들이 들이닥쳐 한 사람은 돈가스 한 사람은 뼈다귀 해장국 한 사람은 쫄면… 아홉이 모두 각자 다른 음식을 주문한 적도 있었단다. 써글년들이라고 욕을 하면서도 깔깔댄다. 어떤 땐 그녀가 너무 힘들어 보여 오징어덮밥이든 육개장이든 한 가지만 하라고 충고도 했었다. 솜씨가 있어 뭘 하든 잘 될 거라고… 그러나 그녀는 최근, 식단에 김밥을 추가했다.

나는 더 이상 식단 얘기는 하지 않기로 했다. 그러고 보니 행복식당의 다양한 음식이 버스 터미널을 오가는 사람들의 제각각인 사연 같기도 하다. 하긴 이름이 행복식당인데 먹고 싶은 음식이 없으면 얼마나 불행하겠는가? 행복식당 주인 같은 사람이 대통령을 하면 좋겠다. 제각각인 시민의 입맛을 최대한 맞춰주는 대통령, 행복식당 같은 나라가 됐으면 좋겠다.

친구의 사십구재

친구의 사십구재를 지낸다
주지가 법당 문을 활짝 열고
하늘을 향해 옥양목을 길게 펼친다
벚꽃 잎이 소지처럼 날린다
옥양목 위를 얼핏
새 그림자 같은 게 지나간다

친구는 술과 담배와 음악을 좋아했고
새처럼 저축을 하지 않았고
혼자 살다 혼자 죽었다

추모객들이 법당에 앉아 지장경을 왼다
나는 법당 툇마루에 앉아
죽었다 살아온 사람들의 전언
티베트 사자의 서를 왼다
빛을 따라가라고
새로도 환생하지 말라고

월풀 빨래방

읍내에 있는 월풀 빨래방에서 빨래를 찾아오는 날만큼은
혼자 산다는 걸 잊어버린다
팬티는 물론 양말까지 차곡차곡 개킨 빨래를 찾아 돌아와

"웬만한 마누라보다 낫다 혼자 살긴 정말 좋은 세상이야"
혼자 중얼대다가

월풀 빨래방이 나보다 먼저 문 닫으면 안 되는데
실없는 생각도 하는 것이다

인명재천

고향 친구 용환이 간암 말기다

술을 너무 많이 마신 탓이라며
벌어놓은 돈도 없다며
공무원인 유복이 나서서
병원비를 모금했다

유복은 모금도 채 못 끝내고
교통사고로 죽었다

고독사의 품격

고독사한 사람들의 유류품을 치워주는
청소업체 사장의 티비 인터뷰를 본다

고독사한 사람들의 방엔
모두 티비가 켜져 있었다는

티비를 끄고 클래식 채널
에프엠 라디오를 켠다

문 안 잠그고 자리에 눕는다

동묘

겨울의 끄트머리를 잡고 흔들리는 1호선 지하철엔 빈 자리가 없다. 낮술에 취한 듯 잔뜩 풀어진 초로의 아낙이 누구에게랄 것도 없이 묻는다.

"이 차의 종점이 어디죠?"

누구도 대답하지 않는다. 나도 종점이 어디인지 모른다. 알 필요가 없다. 환승역에서 갈아타면 그만이다. 아낙이 목소리를 높여 다시 묻자 모자를 눌러쓰고 마른입을 다시던 노인이 저승사자처럼 서늘하게 대답했다.

"동묘."

순간 지하철 유리창에 걸리는 익명의 영정들,

열차를 갈아타지 않으면 저승으로 갈지도 모른다는 생각을 하다 환승역을 한 정거장 지나치고 말았다. 나는 언제까지 이승에서 이렇게 허둥거려야 하는 걸까? 개똥밭에 굴러도 저승보다 이승이 낫다고 한 사람은 정말 저승엘 다녀온 걸까? 관우는 저승에서도 청룡언월도를 휘두르고 있을까?

역 이름처럼 꼬리에 꼬리를 무는 잡념을 털어내며 역 이름을 알리는 차내 방송에 귀를 기울이고 있다. 아직 나는 이승에 있고 이승에선 언제나 정신을 바짝 차려야 한다.

노숙자

공지천 공원에서 노숙자를 만났다. 왕초로 보이는 남자는 막걸리를 홀짝거리며 신문을 들여다보고 이인자로 보이는 남자는 벤치에 누워 낮잠을 잔다. 신참으로 보이는 남자는 공원 여기저기를 돌아다닌다.

신참이 돌아와 왕초에게 막걸리를 달라고 한다. 왕초는 막걸리를 뒤로 숨기며 일장 훈계를 늘어놓는다.

"새꺄 왜 쓸데없이 돌아다녀 돌아다녀봐야 아까운 술만 깨."

내게 하는 얘기 같았다. 나도 신참 옆에 서서 훈계를 듣고 막걸리 한 잔 얻어 마시고 싶었다. 막걸리나 마시고 사글세 걱정 카드빚 걱정 없이 세상 끝날 때까지 벤치에 대자로 뻗어 자고 싶었다.

짐

나이 들수록 짐을 줄여야 한다며
버리고 또 버렸지만 정작 버려야 할 것은
못 버렸다

100리터짜리 종량제 봉투에도
안 들어가는 노후老後

하루살이

하루살이는 입이 없어 좋겠다
먹고살 걱정 안 해도 되고
먹기 위해 사는 건지
살기 위해 먹는 건지
쓸데없는 고민 안 해도 되고
말 잘못해 사과할 일도 없고
누구 뒷담화하고 돌아와
후회 안 해도 되고

노자老者가 됐다

우편으로 배달된 노인 기초연금 신청서
마침내 내가 법정 노인이 됐다는 문서
치매 검사도 해주고
임플란트도 두 대씩이나 해주고
안전 지원도 해준단다
기쁜 건지 슬픈 건지

도 닦는
후배가 말했다
노인이 아니라 노자라고

'잘 살려고 애쓰지 않는 것이
삶을 고귀하게 하려고 애쓰는 것보다 낫다'

노자老子의 말 한마디에 노후가
새처럼 가볍다

4부

어린 날의 허수아비

나는 이제 새들을 쫓지 않는다
너무 심심해 한 번씩 소리를 지르고 돌팔매질을 하지만
새들은 이미 내가 허수아비라는 걸 알고 있다
독골 사는 먼 친척이 농협 빚을 못 갚아 농약을 마셨다

허수아비가 또 하나 줄었다
집에 들어가 국민교육헌장이나 외야겠다

이별

이별은 그대와 내가
다른 별이라는 걸 깨닫는 것

서로 다른 궤도를 돌다가
초저녁 산책길 라디오에서
함께 들었던 음악이 흐를 때
멀리서 글썽이는 별을 향해
손을 흔들어보는 것

늙은 소녀

길을 건던 중년의 아줌마가
걸음을 멈추고 은행나무를 흔든다
노란 은행잎이 화르르 떨어진다
순간 아줌마는 어디로 가고
한 소녀가 활짝 웃고 있다
길이 환해진다

인생길

인생길이 궁금하면
내비게이션을 틀고
화천으로 가라

미끄럼 주의 지역입니다
급커브 지역입니다
낙석 주의 구간입니다
과속 단속 구간입니다
사고 다발 지역입니다
추락 주의 지역입니다

헬조선

돈이 신이 된 이 나라에선
예수도 부처도 앵벌이다
유전무죄 무전유죄가 이념인
이 나라의 가난한 사람들은
자살이 구원이다

우는 江

두껍게 언 북한 강변을 걷는다
처음 듣는 소리를 듣는다
얼음장 금가는 소리가 아니다
얼음장 밑에서 강이 흐느낀다
꿔온 쌀로 자식들 밥해 먹이고
목화솜 이불 속에서 울던
내 어린 날의 엄마처럼

엄마의 칼국수

읍내 장거리에서
장칼국수를 먹었다
옛날에 엄마가 끓여주던 맛이다
엄마는 가슴이 아니라
혀 속에 살아 있었다

김유정역
— 기억

김유정역 대합실에 앉아
주간지의 낱말 퍼즐을 맞춘다
아는 사람이 인사를 한다
이름이 기억나지 않는다
그나저나 나는 어디로 가려고
역에 온 걸까
딱히 갈 곳도 없다
상행선 기차가
퍼즐의 빈칸을 매달고 지나간다
내 이름도
기억나지 않을 때가 올지도 모른다
그 전에 기차를 타야 한다

겨울 애인

영서 북부 산골에 내리는 한파 경보는
그리움도 얼려버린다
나는 행성처럼 장작 난로를 맴돈다
난로 앞에 앉아 책을 읽고
커피를 마시고 담배를 피우고 술을 마신다
굴뚝 청소를 하고 장작을 팬다

단지 난로 하나를 달구기 위해

초승달발톱꼬리왈라비

초승달발톱꼬리왈라비는
1956년 숲에서 사라졌다
1957년에 태어난 나는
초승달발톱꼬리왈라비를
영영 만날 수 없다

내가 태어나기 전에 죽은
애인이 있었다니

핑계

나이 육십을 넘기니 체력이 급격히 떨어진다. 체력이 달리면 매사에 의욕이 사라진다. '체력은 국력이다'라는 슬로건이 있었다. 군부 독재 시대였다. 나는 국력이 되기 싫었고 무절제한 생활을 했다.

그때 체력은 국력이 아니라 능력이라고 말했어야 했다. 그랬더라면 나도 체력 단련 좀 하며 살았을 거 아닌가? 이래저래 개 같은 시절이었다.

소식

처서處暑로 가는 밤길
아직 짝을 못 찾은 귀뚜라미 울음이
가슴에 밟힌다

농사짓는 죄로 쉰이 훌쩍 넘도록
짝을 못 찾은 후배가
건반 악기를 배운다는 소식

5부

붉은점모시나비

붉은점모시나비가 손등에 내려앉았다
산 나비와 살을 맞대다니
내 살에서 이끼처럼 소름이 돋았다

나비를 가만히 들여다보았다
아름다워지려고 얼마나 애를 쓴 걸까
군데군데 붉은 멍이 들었다

붉은점모시나비가 날아간
접도蝶道 끝에 문신 가게를 열고
지나가는 사람들 손목에
나비문신을 새겨주고 싶었다

별박이세줄나비 눈많은그늘나비 청띠신선나비
나비를 새기다 보면
내 오랜 슬픔도 아름다워지겠다

초여름의 낙엽

초여름인데
바람도 없는데
창밖 자작나무에서 몇 잎의
낙엽이 떨어진다

제니스 조플린
지미 헨드릭스
짐 모리슨

모두 20대 후반에
약물중독에 의한
심장마비로 죽었다

그때 내 꿈도
약물중독에 의한
심장마비로 죽는 거였다
그러나 내겐 엘에스디가 없었다

초여름 자작나무 낙엽은
무슨 약을 먹은 걸까

진이정과 보낸 2015년 가을, 춘천

올 가을 내내 나는 진이정과 같이 있었다. 진이정이 내게 온 건 가을이 시작될 무렵이었다. 시 쓰는 후배에게 진이정의 시집 『거꾸로 선 꿈을 위하여』를 빌리고 나서였다. 후배는 비싼 시집이라며 꼭 돌려줘야 한다는 당부를 잊지 않았다. 그날부터 나는 이상하게 분주해졌다. 그는 서른넷에 죽었으므로 그보다 두 살이 많은 나는 서른여섯이었다. 30대 중반은 누구나 분주하다.

춘천에 가는 횟수가 늘어났다 급기야 시월 말부터 11월 초까지 열흘을 하루도 안 빼고 신들린 듯 양구와 춘천을 오갔다. 춘천에서 양구로 이사 온 지 7년 만에 처음 있는 비현실적인 경우였다. 김유정역에도 가고 '춘천 아트 마켓'에도 가고. 미군이 떠난 캠프 페이지에도 가고…. 몸짓극장에선 그를 객석에 앉혀 놓고 「망명 수첩」이란 내 시를 낭독하기도 했다.

막 창간호를 낸 〈춘천 사람들〉이란 주간신문사에도 가고 연탄나눔단체 후원의 밤에도 갔다. 춘천에 한 곳뿐인 레코드가게 명곡사에선 『세상의 모든 음악 8집』을 샀다.

그는 명곡사를 기억했다. 짐 모리슨과 제니스 조플린과 지미 헨드릭스를 샀었다고. 서점에도 가고 싶었지만 그가 기억하는 서점은 모두 사라진 지 오래였다. 학문사, 청구서점… 기억의 끝엔 피앙세 음악다방이 있었다. 성심여대생들이 커피를 마시며 리포트를 쓰고 시집을 읽던 곳이었고 멘트 없이 들려주던 음악이 좋았던 곳이었다. 우리의 기억은 일치했다.

플라타너스 낙엽이 공연 전단지처럼 날리는 도청로에도 갔다. 그는 시립문화관이 헐린 걸 몹시 아쉬워했다. 우린 어쩜 80년대 말 시립문화관에서 어떤 공연을 같이 보았을지도 모른다. 연우 무대의 〈칠수와 만수〉를 들국화밴드의 콘서트를….

마지막으로 간 곳은 〈춘천 다큐멘터리 영화제〉다. 2년 전에 세상을 뜬 춘천 출신의 다큐 감독 이성규를 기리기 위해 만든 영화제다. 진이정이 이성규를 알았을까? 옥천동 '바라'에서 커피를 마시며 예술을 논했을 수도 있다. 우리가 본 영화는 개막작인 이창재 감독의 〈에필로그〉였다. 이성규가 급성 간염으로 세상을 뜨기 전 호스피스 병동에서의 나흘을 기록한 영화였다.

영화관을 나오자 비가 내리고 있었다. 헤어지기 좋은 날씨였다. 이제 그만 진이정의 시집을 돌려줘야겠다.

미안하다 진이정. 나는 다시 서른여섯에서 쉰아홉으로 돌아가야 한다. 아직 듣지 않은 음악이 있고, 보존해야 할 종족이 있고, 허무를 말할 나이는 지났고, 너무 오래 살았으므로.

박희선*의 도끼

비구상으로 깎아놓은 나무 몸통에
도끼 네 자루를 다리처럼 박아 세운
조각품을 본 적이 있다
도끼로 나무를 쪼갠 게 아니라
나무의 다리를 만들다니

도끼가
나무의 다리도 될 수 있다는 걸
그는 어떻게 알았을까

* 박희선 : 조각가, 1957~1997.

항우울제

너무 우울해 약국엘 갔다. 항우울제 프로작은 진단서가 없어 살 수 없었다. 프로작을 만든 제약 회사는 약을 출시하며 이렇게 광고했다.

'프로작의 부작용은 없다. 단 한 가지 부작용이라면 먹어도 행복해지지 않는 경우도 있다.'

집에 돌아와 항우울제를 조제했다. 로트레아몽과 핑크 플로이드와 에드워드 호퍼를 골고루 섞었다. 소주에 타 마셔야 효과가 있다.

시를 필사하는 혁명가

체 게바라의 마지막 배낭 속엔
예순아홉 편의 시를 필사한
푸른색 노트가 들어 있었네
시를 필사하는 혁명가가 있었다니
총조차 낭만으로 바꿀 수 있는 인간이 있었다니
내가 열 살 때까지도 이 지구에서
같이 숨을 쉬고 있었다니

나는 체 게바라를 필사하며
인간이 다 거기서 거기라는 말을 철회한다네

배낭에 필사 노트와 낭만과 총을 집어넣고
1967년의 볼리비아로
1980년의 광주로
2021년의 미얀마로 가고 싶었네

그러나 내겐 필사 노트도 낭만도 총도 없다네
이제 시를 필사하기로 한다네
누가 알겠는가 시를 필사하다 보면
낭만도 생기고 총도 생길지

고흐의 귀

빗소리가 나기에 창문을 열었다
낙엽 지는 소리였다
이순이 지났건만 아직도
빗소리와 낙엽 지는 소리를 구분 못 하다니
귀를 자르고 싶었다

통기타를 치게 된 이유

군부 독재를 피해 지하로 망명했던 시절이 있었지
지하실을 세 얻어 히피처럼 여럿이 모여 살았어
밤새 노래를 하고 음악을 들어도 정보기관은 우리를 찾지 못했지
열 평의 음악 해방구
우리의 이념은 환각이었어
핑크 플로이드를 들으며 미래를 지우곤 했지

망명객 중엔 밥 딜런보다 더 저항적인 통기타 가수가 있었어
그의 통기타 리듬에 맞춰 무릎장단을 치며 밤새 노래를 따라 하곤 했어
다음날 무릎을 보면 시퍼렇게 멍이 들어 있었어
할 수 있는 게 자해밖에 없었던 시절이었어

김유정역
— 야학이 있던 자리

김유정이 좋아 삼십 대를 실레마을에서 살았네
야학이 있던 자리 느티나무 옆엔 김유정 기적비가 있었네
나는 느티나무 밑에 앉아
김유정 소설보다 인간 김유정을 더 많이 읽었네
김유정의 짧은 생애가 너무 눈부셔
내 삶이 너무 비루해 술을 마셨네

기적 소리가 들리면 떠나고 싶었네
어느 낯선 도시의 변두리 골방에서
김유정처럼 각혈하며 글을 쓰다 요절하고 싶었네
그러나 난 천재가 아니었네
김유정을 찾아오는 사람도 나를 찾아오는 사람도 없는
쓸쓸한 시절이었네

낙타

낙타는 천적을 피해 사막으로 갔다는군
나도 자본주의라는 천적을 피해 산으로 갔었어
오두막에서 삼 년을 샘물 길어다 밥을 짓고
나무를 해다 땠지
낮엔 심마니들 쫓아다니며 약초를 캐고
밤엔 빨치산처럼
'부용산'
노래를 불렀어

우체부도 여호와의 증인도 오지 않는
눈 쌓인 어떤 날엔 실성한 놈처럼
혼자 중얼대기도 했지만
내 생애 가장 온전한 날들이었어

혹시 나 역시 나 말고

인생이 나를 찾아 떠난 여행이라면
이젠 나를 만나고 싶다
혹시 나 역시 나 말고
왜 사는지 아는
나를

영혼

안개 자욱한 날엔
죽음이 끝이라고
영혼은 없는 거라고
말하면 안 된다
안개는 물의 영혼이라고도
말하면 안 된다
살아 있는 것들은
모두 물을 마시고
죽으면 안개가 된다
안개는 지구의 영혼이다

이상향

히피공동체 크리스티아나 담벼락엔 간디와 체 게바라와 밥 말리가 그려져 있다. 체제에 저항했던 사람들이다. 티베트 난민들은 광장에서 마리화나를 팔고 머리에 꽃을 꽂은 여가수는 통기타를 치며 '이메이진'을 부른다. 달라이라마 기념관 마당에선 백인 원주민이 초르텐 앞에서 108배를 한다.

레스토랑 주방장은 주방에만 오디오를 설치해놓고 요리를 한다. 노천카페 웨이터는 손님이 앉은 벤치 귀퉁이에 발을 올려놓고 주문을 받는다.

크리스티아나는 인구가 1,000명 정도 되는 해방구다. 성인들은 모두 마리화나를 피운다. 법은 없지만 총과 자동차와 강성마약과 폭력은 자율로 금한다. 주민들은 자전거와 말을 타고 다니며 모든 건축물은 폐자재로 짓는다. 모든 의사결정은 주민 모두가 참여하는 공회에서 한다. 크리스티아나는 코펜하겐 외곽에 있다.

발문

같은 인생학교의 같은 반 친구에게

— 정현우의 시집 『초승달발톱꼬리왈라비』에 바쳐

이순원(소설가)

1

처음에 이 글을 부탁받았을 때 이 책 뒤표지에 짧게 몇 줄 들어가는 '표사' 글인 줄 알았다. 아니, 내가 먼저 그렇게 자청하듯 말했다. "친구야. 다음에 네가 시집을 내면 내가 '표사' 글을 꼭 쓰겠다. 다른 사람에게 부탁하지 마라." 하고 말했던 것은 그 무렵 내가 본 정현우의 그림 에세이가 너무 좋아서였다.

나는 이 친구를 오래전부터 서로 벗하고 좋아했어도 글과 그림을 그렇게 잘 그리고 잘 쓰는 줄 몰랐다. 춘천에서 열리는 시 · 소설 낭송회 자리에서 어쩌다 만날 때마다 자기 시 한 편 얼른 뚝딱 읽고 그보다 몇 배는 더 공을 들여

기타를 치고 노래 부르는 모습이 글을 아는 건달처럼 보였는데 그게 또 인상적이었다.

그러다 내가 춘천에 와서 김유정문학촌장으로 일하기 시작하면서 춘천 지역 신문 '춘천사람들'에 매주 한 편씩 소개되는 이 친구의 촌철살인적인, 그러면서도 우리의 청춘시대였던 1970~1980년대 감성이 물씬 풍겨나는 글과 그림을 보면서 정말 뒤늦게 눈을 비비며 이 친구를 다시 보게 되었다.

2021년 11월 〈토템의 재인식〉이라는 주제로 열린 그의 스물한 번째 개인전에 갔다가 속으로 또 한 번 깜짝 놀란 적이 있었다. 그 전시회가 날마다 기타나 치고 술이나 마시던 이 친구의 스물한 번째 개인전이라는 것도 놀랍고, 한 달 기간으로 열리는 전시회에 나는 보름쯤 지나서 갔는데, 스무 작품 넘게 붙어 있는 그림마다 그것이 이미 판매되었음을 알리는 빨간 딱지가 세 작품 빼고 죄다 붙어 있는 것도 놀라웠다. 말로는 친구라고 하면서도 이 친구에게 '완판 화가'라는 별칭이 붙어 있는지도 몰랐다.

그런데 그날 기가 막히게도 화장실 입구에 꽃밭을 배경으로 말과 소년이 친구처럼 함께 어울려 있는 그림이 임자 없이 마치 내가 오기를 기다리고 있는 것이었다. 그림을 보는 순간 나는 그림 속의 말과 소년에게 다정하고도 친절한 목소리로 "그래, 너희가 나를 기다리고 있었구나."

라고 말했다. 내가 나의 중단편소설 가운데 가장 애정하는 〈말을 찾아서〉의 내용과 주제를 그대로 압축하여 그린 그림 같았다. 거기 전시회에 걸린 소와 새와 물고기 그림들은 일찍 임자를 만났어도 말 그림의 임자가 없었던 것은 우리 일상생활 속에 사람과 말이 함께한 추억이 많지 않기 때문이 아닐까 싶었다. 그러나 말과 소년의 이야기를 소설로 썼던 나에게는 그 그림이 가장 크게 눈에 들어왔다. 내가 그 그림을 맡은 다음 정현우도 뒤늦게 나의 소설 〈말을 찾아서〉를 읽고는 자신도 마치 그 소설을 읽고 나서 그림을 그린 것 같은 착각에 빠진다고 말했다. 친구란 이렇게 아주 뒤늦게 만났어도(우리 나이가 50 되던 해쯤) 무언가 하나로 바로 통하는 데가 있는 법이다.

그리고 다음해인 2022년 3월 정현우가 춘천 북한강변에 있는 갤러리 카페 5노트에서 『물병자리 몽상가』라는 그림에세이를 펴내고 전시회를 할 때였다. 어느 신문 기자가 그 책을 '자발적 빈자의 그림에세이'라고 했는데, 그 말이 딱 어울려 보였다. 빈자도 자발적이면 서럽지 않고 궁색하지 않은 법이다. 전시회장 한 귀퉁이에서 맥주를 함께 마시며, 또 맥주를 마시던 중 이 친구가 열심히 기타를 치고 노래를 부르는 것을 들으며 다음에 네가 시집을 내면 내가 '표사' 글을 꼭 쓰겠노라고 미리 예약하듯 약속했다.

그런데 몇 줄 '표사' 글이 아니라 그보다 지면을 확대하여 발문을 쓰라면 나야 할 얘기 다 할 수 있어서 좋고 말구지. 구린 구석도 들여다볼 수 있고, 참았던 얘기도 맘대로 할 수 있어서 더욱 좋지.

자, 그러면 어디 한 번 주저리주저리 시작해보자.

어차피 소설가는 길고 긴 장편 글도 마다하지 않는 사람이 아니더냐.

2

1958년 개띠들만 떼를 지어 왕성한 게 아니라, 그보다 한 해 형아인 1957년 닭띠들의 서로 챙김과 우정도 만만치 않다. 아래 인용하는 글은 2017년에 소설가 구효서가 이상문학상을 받았을 때 내가 동갑내기 친구 소설가로 쓴 〈구효서 작가론〉의 일부이다. 길지 않아 짧게 인용하면 우리의 유년이 바로 이랬다는 것이다.

"그와 나는 동갑내기다. 나는 동갑내기를 보면 무조건 뭉클해져 버린다. 내가 살아온 세월을, 세상을, 고스란히 그도 겪어왔을 거라는 동질감 혹은 유대감 때문일까? 내가 빡빡머리로 중학교에 입학할 때 그도 빡빡머리로 중학교에 입학했겠지. 이건 틀림없는 사실일 테니까.

그는 한반도의 허리 서쪽 끝에서 태어났고 나는 동쪽

끝에서 태어났지만 한반도를 세로로 접으면 그의 고향 강화와 나의 고향 강릉이 데칼코마니처럼 딱 만난다. 강릉은 북위 37도 27분~54분. 강화는 북위 37도 31분~48분이니까. 그뿐인가. 그가 아버지 심부름으로 술도가에서 술을 받아오다가 주전자 꼭지에 입을 대고 막걸리를 쪽쪽 빨아 마실 때 나도 아버지 심부름으로 술을 받아 오다가 주전자 꼭지를 날름날름 핥았던 것이다. 주전자 뚜껑 아래 김치보시기를 끼워 넣는 것 하며 주전자 꼭지에 젓가락을 꽂아 들로 내가는 모양도 어쩌면 그리 똑같았는지."

앞에 내가 쓴 글이라고 했지만, 뭐 그렇게 읽어도 조금도 이상하지 않다. 그러나 이 글은 그보다 두 달 전 내가 동리문학상을 받았을 때 구효서가 나에 대해서 쓴 글이다. 그 글을 내가 구효서가 이상문학상을 받았을 때 거울로 반사하듯 그대로 되돌려주면서 '이순원'을 '구효서'로 바꾸고, '강화'와 '강릉'의 자리를 바꾸어 썼을 뿐이다. 딱 그것만 바꾸어도 이순원 작가론의 한 부분이 구효서 작가론이 되고, 구효서 작가론이 이순원 작가론이 된다. 살아가며 이런 인연도 참 쉽지 않다. 같은 나이이기 때문이다.

내가 춘천에 와서 이런 감정을 느끼는 친구가 바로 시

인이자 화가이자 카수(아마추어 가수)인 정현우다. 나이도 같다. 지도의 위도로 설명할 부분이 아니라 나는 강릉에서 태어나고 정현우는 양구 휴전선 아래에서 태어났는데도 마치 이 친구와는 같은 학교를 다니고 같은 교실에서 공부를 한 느낌이 들 때가 한두 번이 아니다. 어떤 때에는 "너하고 내가 같은 학교 같은 교실에서 만났으면 정말 가관이었을 거다. 그랬다면 나는 너하고 노는 재미에 팔려 학교 다니던 중간에 대관령에 올라가 농사를 짓지 않았을 거 같고, 너도 그때 나 만났으면 나하고 어울려 노는 재미로 퇴학 같은 거 안 당했을 텐데." 하는 얘기도 한다.

정현우의 그림 에세이를 읽으면 그것대로 짧은 몇 마디 말의 촌철살인에 놀라고, 시를 읽으면 또 같은 해에 태어나 자란 동년배로 가슴 뭉클해지고, 추억이 뭉클해질 때가 한두 번이 아니다.

3

정현우는 그가 여러 편 연작으로 쓴 시의 제목 그대로 〈수복지구 아이들〉 중 한 명이다. 수복지구란 해방 당시엔 38선 북쪽이었는데 6·25전쟁 후 남쪽으로 편입된 곳이다. 동해안 쪽으로는 양양 속초 고성이 그렇다. 당연히 휴전선이 가깝고, 전방 군부대가 많은 곳이다.

북한의 대남 방송이 들리고/ 북한 삐라가 떨어지는 수복지구/ 아이들은 누구나/ 휴전선을 넘어가 보고 싶어 했어/ 틈만 나면 고철을 주우러/ 보병연대의 철조망을 넘곤 했지/ 굴렁쇠를 굴리며 휴전선을 넘어/ 개마고원에 다녀오는 꿈을 꾸기도 했어

—「수복지구 아이들 — 꿈길」 부분

1960년대 수복지구에선 많은 민간인이 한국 전쟁이 남긴 폭발물로 죽었어.// 폭발물이 얼마나 위험한가를 알리기 위해 군 당국은 학교 운동장에 전교생을 모아놓고 폭발 시연을 했고 폭발물을 군부대나 경찰지서에 신고하면 상을 줬어.// 군인이나 순경이 자기들보다 폭발물에 대해선 바보라는 걸 아는 아이들은 위험한 장난을 쳤지. 박격포 불발탄을 들고 가 군부대 위병소 앞에다 던지는 놀이였어.// "아저씨, 폭탄!"// 소리를 지르며 포탄을 내던지면 초병들은 혼비백산해 땅바닥에 납작 엎드렸지. 아이들은 깔깔거리며 줄행랑을 놓았어. 아이들은 켈로부대*가 된 것처럼 으쓱거리며 학교에 가 자랑을 했지. 물론 인민군 포로처럼 교무실에 끌려가 두들겨 맞았지.// 어린 게릴라들은 박격포탄이 어느 정도의 충격에 터지는지 잘 알고 있었어.

—「수복지구 아이들 — 폭발물」 전문

정현우의 고향 양구는 이런 곳이다. 고철을 주우러 부대 철조망을 넘듯 굴렁쇠를 굴리며 휴전선 너머에도 가보고 싶어 하는 아이들. 박격포탄이 어느 정도 충격에 터지는지를 군인이나 경찰보다 더 잘 알아 장난으로 박격포 불발탄을 부대 앞에 폭탄처럼 내던져 거기 위병소 군인들을 기겁하게 하는 아이들. 자신들의 생각에는 이보다 더 안전하고 재미있는 놀이가 없는데 어른들의 눈에는 이보다 더 위험한 놀이가 없기에 교무실에 끌려가 매를 맞는 아이들.

그런 아이들이 자라 중학교에 들어간다. 중학생쯤 되면 좀 더 무모해진다. 학교에서 배운 과학지식으로 고철(불발 폭탄)을 더 많이 찾아낼 수 있는 '지뢰탐지기'라는 것을 만들어 그걸로 땅속의 포탄을 찾아 캐다가 목숨을 잃은 동네 형의 이야기가 나온다. 그 시를 읽으며 나는 50여 년 전 그렇게 목숨을 잃은 중학교 동기생 얼굴을 떠올렸다. 그 아이는 강릉 비행장 부근에 살던 아이였고, 비행장 부근에 그런 불발탄이 많았다고 했다. 그걸 두드려 고철로 만들다가 사고를 당한 친구였다.

추억의 아픈 시편은 농촌 마을로도 이어진다.

소가 병에 걸려 죽으면 관청 사람들이 나와 동네 사람들이 그 소를 먹지 못하게 죽은 소에 석유를 뿌린 다음 땅에 묻는다. 하지만 관청 사람들이 돌아가면 마을 사람들이 그날 밤 석유 뿌린 소를 땅에서 파내 석유 냄새 나는 소고기를 먹는다. 그림을 그리는 정현우는 화실에서 나는 석유 냄새에서 석유 냄새 나는 소고기를 시로 소환한다. 제목 그대로 〈아날로그적 구제역〉 시대의 일이다. 정현우의 시를 읽으면 저절로 그 시대의 지지리 궁상스러운 일들이 떠오른다.

이렇게 석유 뿌린 소고기를 먹고도 정현우는 튼튼하게 자라 주먹질을 하다가 고등학교 3학년 봄에 퇴학을 당한다. 아마도 패싸움을 한 모양이다. 함께 퇴학당한 친구들은 타지로 전학을 가지만 돈이 없는 정현우는 그러지도 못하고 다음날부터 학교 정문이 아니라 후문으로 삥을 뜯으러 간다. 나도 고등학교 때 이런 놈들 더러 보았다. 생물 과목을 가르치는 나이든 담임선생이 불러 퇴학당한 제자에게 말없이 짜장면을 사준다. 눈물에 불은 짜장면을 먹으며 이 불량 제자는 그제야 인생에 대해 깨닫는다. '모든 생물은 때가 되면 떠난다'는 것을. 그는 다시 후문으로 가지 않는다.

「마지막 생물 수업」이라는 이 시를 읽으며 나는 이 친구가 꼭 나하고 같은 학교 같은 교실에서 공부를 한 것 같은 생각이 드는 것이다. 그랬다면 우리는 엄청 좋은 친구가 되었을까, 아니면 둘이 합쳐 엄청 못된 친구가 되었을까.

노래야 학교 다닐 때부터 소질이 있으니 건들거리며 유행가와 팝송을 꽤나 불렀을 것이고, 그림도 타고난 손재주가 있으니 만화를 그리더라도 이미 그때부터 잘 그렸을 테고, 그러나 글은 그러지 않았을 것이다. 내 친구들을 보아도 고등학교 때부터 시를 잘 짓고 글을 잘 쓰는 친구들은 학교를 스스로 그만두면 두었지, 절대 퇴학 같은 거 당하지 않는다. 고등학교 때부터 글을 잘 쓰는 친구는 절대 중간에 학교를 때려치우고 대관령으로 고랭지 채소농사를 지으러 올라가지도 않는다.

내 고등학교 동창들이 내가 나중에 소설가가 된 것을 '니 인생은 왜 그렇게 농담 같으냐'는 식으로 바라보는 것처럼, 고등학교 3학년 때 국어 과목을 가르쳤던 담임선생님조차 '나는 니가 소설가가 된 게 지금도 이해가 안 돼'라고 말씀하시는 것처럼 정현우의 고등학교 친구들과 담임선생님은 이 친구가 이토록 세상 사람들의 가슴을 팍팍 울리고, 때로는 눈물지으며 옛날을 추억하게 하는 서정시인이 된 것을 어떻게 생각할까.

'수복지구의 아이들'과 '불량청소년 시절'의 얘기만이 아니다.

동갑내기인 나는 정현우의 시를 읽을 때마다 이게 시처럼 읽히지 않고 한 편 한 편이 짧은 소설로 읽히기도 하고, 때로는 여러 편이 서로 이야기의 긴밀성을 가지고 모여 또 한 편의 장편 성장소설로 읽히기도 한다. 이것은 또 이상하게 내가 그의 그림 전시회에 가서 그림 하나하나에서 이야기를 읽고 오는 것과도 선이 닿아 있다.

4

어른이 되어 바라보는 세상 이야기도 형식은 짧은 시편인데 그 안에 담긴 내용은 한 사람의 인생이 담긴 장편소설 같은 느낌을 주기도 한다.

양구 읍내 버스 터미널엔 민주적인 식당이 있다. 행복식당이다. 행복식당의 식단은 40가지가 넘는다. 가끔 한두 가지 빠질 때도 있지만 모두 먹을 수 있다. 내 또래 여주인 혼자 음식을 만든다. 종업원은 배달하는 남자 하나뿐이다. 맛은 물론이고 음식도 빨리 나온다. 물론 손님도 많다.

언젠간 아홉 명의 줌마들이 들이닥쳐 한 사람은 돈가스 한 사람은 뼈다귀 해장국 한 사람은 쫄면… 아홉이 모두 각자 다른 음식을 주문한 적도 있었단다. 써글년들이라고 욕을 하면서도 깔깔댄다. 어떤 땐 그녀가 너무 힘들어 보여 오징어덮밥이든 육개장이든 한 가지만 하라고 충고도 했었다. 솜씨가 있어 뭘 하든 잘 될 거라고… 그러나 그녀는 최근, 식단에 김밥을 추가했다.

—「행복식당」 부분

시가 이 정도 되면 이 식당의 여주인도 생활의 달인 같고, 어느 중소 도시에나 꼭 하나씩 있는 이런 식당 풍경을 몇 줄 산문시로 그림 보듯 펼쳐 보이는 시인도 삶의 달인 경지이다. 이렇게 저절로 흐뭇해지는 시가 있는가 하면 읽다가 어, 하고 뒤통수를 된통 맞은 느낌의 시도 있다.

겨울의 끄트머리를 잡고 흔들리는 1호선 지하철엔 빈자리가 없다. 낮술에 취한 듯 잔뜩 풀어진 초로의 아낙이 누구에게랄 것도 없이 묻는다.

"이 차의 종점이 어디죠?"

누구도 대답하지 않는다. 나도 종점이 어디인지 모른다. 알 필요가 없다. 환승역에서 갈아타면 그만이다. 아낙이 목소리를 높여 다시 묻자 모자를 눌러쓰고 마른입을 다시던 노인이 저승사자처럼 서늘하게 대답했다.

"동묘."

—「동묘」 부분

동묘는 동대문과 신설동 사이에 있는 역으로 삼국지에

나오는 관우의 영을 모신 곳이다. 종점이 어디냐고 묻는데 동묘라니. 차의 종점이 어딘지는 모르나 인생의 종점은 저승이라고 말하는 것이 아니겠는가.

그의 시에는 이런 역과 이런 전철만 있는 것이 아니다. 춘천의 김유정역에 대해서는 "상행선 기차가/ 퍼즐의 빈칸을 매달고 지나간다"(「김유정역-기억」)고 그 풍경을 자신의 그림에세이 속의 그림처럼 말한다. 김유정역을 벗어나 밤나무와 말채나무가 있는 산책로 쪽에서 바라보면 역으로 들어오는 기차 모습이 영락없이 퍼즐의 빈칸을 매달고 지나가는 것 같다.

슬픔이든 농담이든 그의 시는 그림부터 떠오르게 하고, 거기에 그만의 이야기가 펼쳐져 있다. 언젠가 하창수 작가와 함께 정현우의 시에 대해 얘기하며 그의 시나 에세이는 분명 소설 같은데 그는 왜 소설을 쓰지 않고 짧은 시만 쓸까 얘기한 적이 있다. 우리가 내린 결론은 '노래를 부르느라 바빠서'였다. 우리가 그런 농담을 서슴없이 할 만큼 자기 가슴 안에, 그리고 한 줄 한 줄 시적 표현 안에 많은 이야기를 가진 시인이 이 세상에 어디 흔한가. 그리고 그런 그의 이야기가 내게는 너무도 나의 이야기 같고 친구 이야기 같고 한동네 형들과 동생의 이야기 같다.

그림에세이를 읽어도, 시를 읽어도, 노래 부르는 모습을 보아도, 함께 술을 마셔도 이 친구와는 태어난 곳은 서로 분명 다른데 중고등학교 시절 같은 학교 같은 교실에서 서로 사고치며, 또 그럴 때마다 진정하고 정신 차리라고 서로 어깨를 잡아 흔들다가 그는 퇴학당해 뒷문으로 삥뜯으러 오고, 그렇게 그가 떠난 교실을 나는 대관령에 올라갔다가 슬며시 돌아와 늦게라도 졸업사진에 얼굴이 실리고 이 친구는 영영 안 실린 그런 사이의 친구 같은 것이다.

이 친구와 함께 맥주를 마시면 늘 하는 말이 있다.

"우리가 돈이 없지 가오가 없나?"

정현우는 친구로서 참 존경스러울 만큼 대단한 가오를 가지고 있다. 남들 눈에는 그게 약지 못한 '똥가오' 같은 것일지라도 그 가오 중에는 문예 창작지원 기금 같은 거 절대 신청하지 않는 정현우적인 가오도 포함되어 있다. 지역 신문 공모전 심사를 보는 사람도 가오 없게스리 신청하는 문예 창작지원 기금을 정현우는 다른 후배들의 몫으로 남겨두고 신청하지 않는다. 나는 같은 문학인으로, 또 친구로 그 가오를 존중하고 존경한다. 시인으로 갖는 태도로서만이 아니라 정현우의 산문에도 시에도 그걸 무어라고 표현해야 정확할지 모르지만 절대 폼 잡지 않는 가오가 있다.

앞으로도 그 가오 끝까지 살려가며 건강하게 글 쓰며, 건강하게 그림 그리며, 또 건강하게 노래 부르며 살자. 그

리고 오래오래 우리의 글로 우정을 나누자. 새 시집 출간을 축하한다. ⓔ끝

달아실시선 59

초승달발톱꼬리왈라비

1판 1쇄 발행	2022년 9월 30일
지은이	정현우
발행인	윤미소
발행처	(주)달아실출판사
책임편집	박제영
디자인	전형근
법률자문	김용진
주소	강원도 춘천시 춘천로 257, 2층
전화	033-241-7661
팩스	033-241-7662
이메일	dalasilmoongo@naver.com
출판등록	2016년 12월 30일 제494호

ISBN 979-11-91668-52-0 03810